夹竹桃传奇

谭慕平 著

作家出版社

作者简介

谭慕平，1932年7月生于江苏海安，1948年于泰兴参加革命。历任文化馆股长，省文化局科员、秘书,《文化新闻》报社编委。1961年调至苏昆剧团任书记兼团长，后转调至省京剧院、省昆剧院任副院长、院长。1988年起任省戏剧家协会驻会副主席，直至1993年离休，享受国务院政府特殊津贴。

创作生涯始于1959年，与人共同创作并公演了话剧《鸡毛飞上天》，1979年后创作涉及散文、小说、杂文等文体。著有散文《寻枫记》《访美记》，小说《江南春早》《文村茶馆》《文庙夕照》《里程碑前》，杂文《雕塑疯僧的启示》等。作品曾发表于《新华日报》《人民文学》《雨花》等报刊。

一

有知我者说，南京几十年来拥进几十万人，没一人像你来宁时那么奇突、危险，传奇独到。

确实，新中国成立之初，苏北行署文化局要成立一临时性的文化工作队，每县调一人参加，我在列。

那时，虽有长途交通，但车少人多，我到车站，车已开跑，急得头晕眼花。眼缝中忽见一陈旧小轿车后面装了四方形钢桶，内有木柴燃烧，一人摇风扇助力发动，不多久，轰然一声，发动了，便卖票。这种车在路上随时可能抛锚，我也不管危险就买了票，因为此去扬州，可能留省工作，所以顾不得多想了。

我这人运气不错，安全抵扬，向处长报到后，住得胜巷。

在扬州，正值并省，工作队有人回去，有人去了南京，我是留是回？一九五三年年底终于接调函，要我去仪征山里一古刹，调查破损情况。无车，又不认路。来到仪征被一驴夫鼓惑，江堤上骑驴，一奇一怪，引来多人观赏。谁知这驴大腿有疮流脓，若左拐可跌入江中，右拐则跌落麦田，我硬挺住气，终于在丘陵山区找到古庙。我一心赶回南京，这有去留自己的重要性。这时，仪征、六合皆已无车，我却坚决要走，方丈便让小僧去江边看，一会儿回来，唤我乘木船过江，差点翻船，险呀……我写了四句顺口溜。

词曰：

木炭轿车到扬州，

仪征江堤骑驴走。

丘陵深山寻古庙，

木船渡江险翻舟。

在燕子矶上8路车，到长江路下，东行一段路，就到香铺营文化厅所在地，后勤人员对我说："工作队住珠江路44号，着人引你去。"呀，我心想没留啊，我倒霉。

二

次日，我去文化厅找处长，一幢小楼，一间斗室，室内七桌六人，齐立欢迎，我向处长递交古刹需修建的报告，处长笑着说："你回来得好，宣传部文艺处新来一位鲍副处长，是一位诗人，要去常熟参观，正欲从工作队调人陪他，你回来了就你去。"

我体形上直点头，心中却郁闷，自问怎不谈留的事？

我带着介绍信去宣传部见鲍副处长。

次日便乘长途车到了常熟。

来到常熟的次日，我们先去破山寺，不远，就在郊外。我们步行出北门，经言子墓，到王四酒家右拐，走几步，便是草亭古井。当地人说井里的田螺没屁股，有特点，但有无屁股反正人要吃，没什么异香扑鼻。大家向上攀登，来到了破山寺。同行一人叫道：“这儿有唐诗。”众人忙往观看，鲍副处长道：“还是宋书法家书写的呢！”便吟哦起来，诗曰：

清晨入古寺，
初日照高林。
曲径通幽处，
禅房花木深。
山光悦鸟性，
潭影空人心。
万籁此俱寂，
唯闻钟磬音。

鲍副处长吟咏再三，脚也不动，真是全神贯注。他激动地连连感叹：“呀，古诗词真美妙，不仅押韵，内涵深邃，且词句美艳，有联想空间……好，好。”

鲍副处长又陪我去书店买了几本书，并向厅长说了我许多好话，对于以后的留起了很积极的作用。

回到南京，接急电，家里村上办学元老曾元老自杀身亡，我禀告处长急赶回，见我第一位恩人一面。

一九四八年夏，我初中毕业，下半年无钱上学，辍学在家，父亲经商破产。全家六七口人面临断顿，连观音土都吃过。友人介绍我去农村学校教学，这位曾元老收了我，缓解了我的饥饿之苦，是我的第一位恩人。他双目有疾，五十多岁，很瘦弱。经他要求，乡政府安排了两套房办学校，都朝南，他还设法解决课堂桌椅，一样地教课。上级颁了编制，校长却使坏让他在编外。他因此直诉己见，恨校长违背国法，遭校长惩治，便跳河自杀。我接电后即速返乡，到庄上只见几个人正把一个尸体从河中捞出，我忙跪倒，哭着说：

八间瓦屋朝南开，

你老求告乡安排。

黑板课桌有序摆，

目疾教课不懈怠。

上级颁发编制文，

你却无理放编外。

从此闭门深怨叹，

我却缺德不关怀。

直击坏人乱法规，

跳河自杀无地埋。

哭罢，我丢下一些钱，回来就去了省教育厅，告诉了厅长，厅里立即组织了小组去调查，我心里方才稍安了些。

以上所言，混乱而庞杂，但心中有主线，留或回，即留古都南京还是回家乡。几件事皆利于我留省，此后鲍副处长就在文化厅厅长面前说我愿学文化，是文化人，在文化局干得好；可又比如我找教育厅厅长起诉，鲍副处长却十分赞成，并告诉文化厅厅长，此人正直、干练，文化厅厅长直点头，但没说留。

三

我这人有两个优点。

一爱戏，在乡下就曾为庄上青少年组织剧团，演了《血泪仇》《兄妹开荒》等戏，我也上台表演，还曾应邀进城演出。到文化馆后，便在原有基础上扩建京剧团，搞得热火朝天。在南京未定去留前，常去省市京剧团玩，看排演，熟悉了许多名角。看排演时，还常常多嘴，有时还多嘴得对，受人欢迎。

二爱诗词，幼年时就喜读诗词，稍大些便用零花钱买了两本书《唐诗三百首》《宋词选》，一有空闲就读、背，有时还涂几笔，撕了写，写了撕。

新中国成立之初，人们家贫，家中有几本书的总想卖出，贴补家用。

有一天，我蹲在人行道上一书摊旁，看见一本脱光封面的旧书，露出一首诗，不由大喜，忙翻阅，诗曰：

朱雀桥边无野草，
夹竹桃园鸡鸣早。
香毒明暗识人难，
池边草亭书声娇。

诗写得还有些水平，忙买回细读。

原来，若干年前，南京来了一才子，已是举人，在一茅草房里读书，准备进京赴考。

有一晚，他在走廊踱着步，读着书，累了，饿了，看无蔬菜炒肉，于是命小厮砍下两根夹竹桃，将花叶皮切成丝炒肉佐酒，谁知花皮有毒，他中毒了晕倒。所幸吃得少，两天后醒来，左思右想，顿觉此树好看，但暗藏毒素，觉悟到对人、对事、对物，知之正确，真是很不容易，要有两点论。

他进京赶考，把这个论点写进文章，得中，且誉满考场，做了官。

书外，若干年后，茅草房处，先是在后面空地砌了一座三层楼，八大间朝南、朝北，中间有过道，准备办农业展览会。谁知，那时城里人轻视农业，无人看，被逼停办。

四

珠江路44号工作队的人差不多已走空了，我的去留问题还打着问号，意恍恍，心惆怅，真不知如何是好。

有一天路上碰见处长，一怀愁绪，萎头耷脑，我稀奇，并问：“处长有心事？”

处长“噢”了一声：“嗐，局里要办京剧院，没有房子怎么办？你也不会有法子的。”

我一笑：“我说个主意你听听？”

处长来了兴趣：“说，中了，有赏！”

“农业展览会不是停办了吗？”

“我也想到这办法，可那是省专管的，怎么弄得？”

“我们绕着走。”

“嗯，说。”

“省长喜欢唱杨派的老生……”

“王老生……?”

“是的，请王找省长诉苦，提提要求。”

处长喜气洋洋:“这办法好，我请厅长找王老生。”

“再好没有了，行!”

过了两三天，处长找我:“你那点子奏效啦，好得不得了。”

我忙问:“成啦?”

处长大声说:“成了。连夹竹桃园林都给了，得谢谢你。还有一件天大喜事，厅长表态，你是能人，留厅工作。”

“什么?”

“你是能人，留厅工作。”

我惊喜万分，激动无比，在原地跳起来:“真留啦！”

“真的。”

“走，到曲园，我请你午餐。”

“不必，下次再说。”

我一把拉住：“走，这顿饭非请不可。”

从此，我留在文化厅工作了，在社文处当科长。

省京剧院由省团、市团、在北京学习的青年组——青年团，共三个团组成，正在搭班子。

处长把我叫到文化厅说：“省团的倪团长与旦角尤花旦腐化，被撤职，开除党籍。他本负责京剧院如今这位子空着。你过去办过剧团，组织决定，你顶上。”

“不，不，不。”我头直摇，“不当，不干，不去。”

“这是组织决定。”

“组织决定，我也不去，三个团，三百多人，京老大，我能去？”

“都是工作，有什么不能，什么京老大，锡老二……你还是不是党员？”

我闷了，乞求地说：“这样先在党内宣布，我了解情况，省京需要什么，满足需求了，再开大会宣布。”

处长诡笑：“你可别玩溜之大吉！”

“不敢，不敢，那还是党员？”

处长在党员大会上宣布后，一番热烈讨论。我要求先给三间练功房、一个小剧场，把“夹竹桃园林”的稻草房拆去改为草亭，另为管理人员砌房，对外卖票用，划归办公室管。处长一一答应，我找来三个团长，交代在过渡期间如何加强管理。

五

党员会上，大家提出“演出时，最安静”的意见，我利用空闲走访了民主人士余副院长、李团长、王花旦、吴青衣、龙名旦诸人，思得一法。将来上任后，组建一个剧目组，每人报三折戏，一优二平三差，平时补差提级，剧目组决定是否能演。组织一台戏，先排审定，水平够了上演，不够加强，还不够停演。没想到后来一宣布有戏上者加份子钱，全院炸开了锅，皆热情奔放，一心扑在艺术上，有矛盾找剧目组，组长是余副院长，用草排、响排、彩排三排选戏，大家尽心尽力，刻苦练功、加工。

余副院长自己新创了一折戏《凤河柳》，梗概是：梅兰芳蓄须立志，因在上海罢演而没收入、没粮草，快要断顿。他家乡有位半百老人，原乃船民，准备动员乡邻亲友捐献一些大米，和自家的百十斤大米凑成一船运往上海，救济大师……

余副院长出身于船家，对水上生活十分娴熟。曾因送粮给梅兰芳而拜其为师，后改学京剧。余富有创新意识，遂把这段往事编成短剧。

余副院长一面摇船一面唱：

凤河水静通长江，
船在龙岸扯帆航。
穿过扬中进京口，
避开关卡芦苇藏。
寒山钟声无意听，
驶过宝带经车坊。
黄浦江水苏州河，
乡人捐来粮满仓。

表演过程中，他有时随风浪而跳跃摇摆，有时随细水长流而平步疾行，有时因逃避关卡而隐藏芦苇，有时因搁浅而艰难推舟，有时遇骤风惊浪而暂歇码头……总之，一段行船舞，十分优秀好看，内容也深，掌声雷动，众人激动，个个想动手创新。

所谓凤河，即梅大师家乡泰州，他把自己比成河滨一柳，随风飘舞吹摆，名实相印，十分好看，演出时，很受观众欢迎。

六

当时，文化厅正要办京剧院，将省团、市团和在北京戏校学习的青年组成的青年团，三团合一，是为京剧院。

厅长托一省长喜爱的杨派王姓老生跟省长诉说办院困难和请求，省长竟同意了，连同“夹竹桃园林”也交给了京剧院。

提议让我去京剧院当院长的处长为人实在，办事从严，培养后人很尽心尽意，我受过他一次当着众人面的评论，实为严训。他把一篇稿子改得不成样子，画横线，打××，删句子，加文字，改错字，教训很深刻，但我因祸得福，从此苦学苦读，坏事变成好事，竟学写起小说来，题名《夹竹桃传奇》。我认为夹竹桃具有两点论，很有哲理。写作时，好友老仇见我写了“夹竹桃传奇”这个书名，大为不满，用讽刺语调说道：“这么不见经传的东西，你也用作书名！”

我反问道：“你说呢？”

他说：“桃花有《桃花源》。说起其他花，有《桂花菀》《牡丹亭》《红莲寺》，哪一样人不抢着用？”

我道：“这夹竹桃也成过书名啊。”

他惊奇：“你说说。”

“明代有位浮白主人，搜集、写作了一百二十三首民歌、山歌，编辑成册，书名是《夹竹桃顶针千家诗山歌》，据说，这作者就是冯梦龙。”

老仇大惊：“竟有这样的事，你还加了‘传奇’二字。”

七

星期日，反正没正式上任，有空就四处走走。来到王名丑家旁，听见搓麻将声从里面传来，十分欢笑喜人，只听一个青年人说：“叔，观众怎么一见到你就笑。”

“一脸横肉，怎能不笑，不笑就号啕。”

“没这张牌，可唱牌儿经？”

“有口北风吹，婴儿哭号啕。”

“呀，是北风。碰，碰什么？”

“横吹笛子竖吹箫呀！”

“二条，好。呀，鸟儿飞不高。一条，不要。”

“红头绳，系裤腰。”

“九条，要不要？”

“不要。七七事变卢沟桥，七筒不要。”

听了一会儿，很起兴趣，押韵形象，有的句子含有故事，这是智慧特长，能不能用于正题的艺术创造上？再听听。

牌儿经又响了，只听“麻虽麻，麻得俊俏”。

“九筒，碰。”

我一跺脚，觉得这个词用得好，再听。

“乌洞洞看不见，跑？五筒。”

“不要。私通外国你把兵招，四筒，碰。”

“膏药一贴就能跑，吃。来，自打棺材自己瞧。”

“八筒，和和和。哈哈。”

又一牌到尾了，有人出牌，“西门庆武松杀嫂”。

“西风碰，寿比南山松不老。”

“南风，不要。太阳出处路遥遥。”

“东风，和。”

王名丑来第三牌了，唱道：“伍子胥昭关难逃，嗐，不行。”

青年问道：“叔，你怎又打哈哈。”

“哈哈，让他染了胡须乐逍遥。”

“他是愁出来的，那时哪有染发的。”

“小子，你不懂，这是打麻将，不是研究理论。”

“唔，是，是，是。”

“能，我就演过。好好化妆，改正体形，白胡子一戴，就是伍子胥。要不我怎么成了名丑。”

“丑美，丑美，这么说，伍子胥白胡，哈哈，跛脚，拿铁锹，能演出来。”

“那时一夜不能愁出灰白发，顶多少数胡子灰白了。”

“那伍员能怎么办?”

“这么说，你的情节不一样?”

“对，我演过这戏，是假扮驼背、脚跛、一脸横肉，喜欢闹着玩，整天城门口玩，和当兵的闹着玩。

当兵的常常叫伍子胥拿肉酒请他们吃，还常常鞭打伍子胥，卫兵同情又玩弄伍员，伍员假意要逃。”王哈哈欢笑着。

“有一次，叫伍员拿肉拿酒来，不拿就鞭打。又叫伍员拿锹来掏阴沟，伍员不肯，被鞭呼痛，只好掏阴沟。门卫只顾瞎说、喝酒，伍员趁门卫酒醉昏昏，掏阴沟后出城逃走。”

我忍不住，走近屋时便道：“呀，这不是一出新戏？有没牌儿经？”

王名丑：“有，伍子胥过关不烦恼。”

这时，我走进屋子，众人起立：“今天星期日，院长——”

“别怕。牌儿经是民间艺术，顺口押韵，有故事，你们三人把牌儿经录在纸上交给我，不罚你们。哈哈，将故事编成折子戏，剧目组同意，就公演，创造一出名丑戏。”

王名丑打着哈哈："来，来四圈。"

"好，来几牌。"

我抚着牌："今日玩一次，以后不玩。要创新，别把时间浪费了。牌儿经那句七仙女搭桥，这里面有故事可编排，可创新，大伙儿想想。"

众人点头："院长都是着眼于艺术创作，我们跟着办。"

此后一段时间里，王名丑刻苦追求，对自己严加要求，私下请人指点，终于搞出一台丑角戏，《过昭关》《颂隗顺》《疯僧扫秦》，经过草排、响排、彩排，大家畅所欲言，反复加工提炼，终于通过了。

京剧院剧场大门前贴上十分红火的海报，说名丑专场。负责票务的羊票务更是兴奋，他原来也是学丑行的，这一来更来劲。演了三场，场场满座，大家共欢乐，同鼓掌。王名丑一个钱不要，分配自己的经费拿来买酒买肉全院大嗨一顿，酒醉饭饱。最后，他唱道："《牌儿经》是黄金，别打牌，艺术要创新，路途遥，黄金一条条。"

有人喊道："横吹笛子竖吹箫哇。"

许多人呼喊："不打牌你要吹得好哇！"

王名丑大笑，众人一起笑。

全院五个麻子，一齐拥向后台，管舞台的（也是打麻将的）。

"你们来干什么？"

卞麻子："你们打麻将时不是唱'麻虽麻，麻得俊俏'嘛，今儿我们俊俏组集中来看王麻子。"

"王麻子，哪来的王麻子？"

"就是王名丑。"

"错了。王名丑是一脸横肉，一副肉麻相。"

"这就对了，肉麻也就是麻。麻子本来就是肉上有麻，他肉麻，就是王麻子。"

王名丑一听大叫："是麻子，上不了台。"

“上不了台，我们一脸俊俏给你化妆。不是他，你能上台?”

王名丑：“上台，是我的表演艺术。”

“你又肉麻了，光有表演艺术，没化妆行吗?”

“这话也对，你们集中来做啥?”

“请你参加我们俊俏组当组长，就比如羊票务是票务组组长一样。”

“你多肉麻，从来没有俊俏组。”

五人往前一站，卞麻子：“舞台装置组组长。”

许麻子：“票务组组员。”

张麻子往前一站：“化妆师。”

万麻子往前一站：“灯光组首席追光。”

庞麻子：“厨房掌勺的。”

王名丑叫起来：“哎呀，没有你们活不下去了，承认，承认。”

“老肉麻，说没用，要参加我们俊俏组当组长。”

“还让当组长，更肉麻了。”

“那不更好，肉更麻，当组长资历更深，资格更老，能唱更麻更俊俏的词儿。”

万麻子：“从此后，谁敢欺麻子，咱俊俏组找他算账，哼哼！”

王名丑：“对，我，我这……”

“组长，忘啦！”

“组长，不当。”

众人：“不当？不当也得当！”

王名丑头直摇，见我在旁边：“求你表个态呀！”

五人高唱：“麻虽麻，麻得俊俏。”声震长空，雁落断桥。

八

几个月后，召开了全院大会，处长代表文化厅宣布了任命，大家鼓掌。

下面，我作为院长讲话。

我说："同志们，我向大家提几个问题，省里办京剧院干什么？把这么大的农业展览会交办京剧院为什么？还砌了练功房、剧场。为什么要花这么多的钱？国家还在困难时期呀，抗美援朝还在抗呀！接下来我要说另一个问题，人生在世，总得有点奋斗目标，不能这儿站站，那儿看看，这儿说几句闲话，那儿说几句家长里短，没一点追求。梅大师年轻时视力不佳，没戏。他下决心，夜里点一根香，盘腿坐视火点，三根香后才睡眠。次日，放两只自养的鸽子在天空来回飞，他站着看。经过一个时期后，他目力灵活，视觉活泼，戏味很足。名旦陈德霖，由于劳累，又抽上鸦片，嗓子一天天坏下去，老板派他演《三娘教子》，要推推不了。当晚这出戏不是唱出来的，是哭出来的。从此他戒了毒，每次闻鸡鸣而起，遛弯子，喊嗓子，苦练了几年，终于成功，成了戏坛一霸。名武生杨小楼有一次扮高宠演《挑滑车》，由于腿功不够，被管事的轰下舞台。从此，他隐居乡间庙中，每天用绳子吊起一只脚，连吊嗓，终成一身硬功夫，成了武生泰斗。

“同志们，我讲这些是希望大家讨论成立京剧院的意义、做一个演员的自我要求，我也从中受到教育。”

最后，我讲到夹竹桃园林，并宣布将在夹竹桃花盛开的时候由办公室牵头组织参观。

我把夹竹桃园林的前前后后讲给大家，包括书中那位举人悟出两点论的故事，并且强调对人、对事、对物要取两点论，要细察细评，不能疏忽大意……大家听得很来劲。

大家嘻嘻哈哈散了会。

对尤名旦这个三团的主要旦角儿，也即与前任院长腐化的人，我事先作了了解。此人性格泼辣，好看好吵，因为事先做了一些准备，我的以文克武、以柔克刚，竟取得了成功。

尤名旦嬉笑着走近我说："哟，是位能说会道的帅哥嘛！"双手顺势往我肩上一搭。

我严肃地说："我正要找你。作为党员，有党纪；作为人，有人格自尊；作为男人，我有贤妻。人与人有正常的交往相处，希望你成长为一个新社会的表演艺术家，而不是堕落成一个旧式戏子，望你早点找一个好人成婚，再见。"走了几步又止步，我将四句诗送给尤名旦："人非畜类有感情，无情交配无人品。

我乃院长非帅哥，家有贤妻赛天仙。”我转身疾行，忽又止步：“初次见面再赠你四句诗：莫学夹竹花儿美，香气诱人易张嘴。毒素内藏别散发，演艺创新如潮水。”说完便扬长而去。

青年团主演许青旦每天都要去剧目组看报，白天她翻看一篇杜近芳新近创作的名为《京剧传承要“追源溯流”》的文章，读了几遍，深感其妙。

正好剧目组讨论《盗仙草》，便站立旁听。

九

京剧院成立了。

剧目组安排了几场戏，以为庆祝。

第一场是在院的各流派名演员同台合演，有余副院长的《借东风》、龙名旦的《醉酒》和江南草的《文昭关》。

我问票务组组长羊票务：“出票如何?”

羊票务道：“不明白。”

第二场是一团龙名旦《玉堂春》。

我想再问出票情况，羊却高声抢答：“不清楚。”

第三场是周武生武戏专场《醉打蒋门神》。

第四场是三团尤名旦主演。

剧目组说：“她剧目未定。”

我找到羊票务，厉声责问。

羊票务：“我是来找院长辞职的。”

我奇怪：“你说清楚。”

羊票务：“我是来辞职的。”

“辞职，为什么？”

“历任院长，皆不重视票务，先前院长在大会上讲话，那么长竟没怎么提票务，可见也不重视，所以特来辞职！”

我大为惊诧：“辞职？”

“是的，我们被演员们鄙视，说我们是喝茶谈笑派，说我们白吃干饭，不干正事。我们成了下三烂儿。其实，你讲过，人民需要京剧，要通过票实现，票是一座桥，桥不能断，这话很重要。”

我听了他后几句，很觉在理，便拉着他：“你去把几个搞票务的都找来，一共几人？”

“五个。各团一人，院部两人。”

“走，请他们去！”等他走后，我对徐主任说，“老徐，你去找余副院长，今儿在食堂里摆一桌，拿我的工资买一瓶‘梦之蓝’。”

五个人前前后后来了，在会议室坐下，我每人送上杯浓茶：“先不忙开口，喝茶，休息。”众人目光都很诧异，你看看我，我看看你。

这时，徐主任来了：“走吧，今儿院长在食堂摆了一桌酒宴，请诸位喝‘梦之蓝’。”

“到哪里?”

羊票务头一摇：“同意我辞职，就去。”

我拉着他跑：“说反啦，走。”

一桌八人，我给每人斟满了酒，共同举杯：“向票务同志致敬，干。”干杯后我说：“羊同志，你说说搞票务的困难。”

羊票务点点头，颇露感激之情。

“你刚才说，票务是院团与观众联系的桥梁，桥不能断。”

“是的，我写了四句诗。”

观众剧院有桥转，

西湖断桥不能断。

桥断许白难团圆，

百姓无药心头怨。

我高举杯，向羊票务一躬身：“谢谢！你讲断桥，讲许仙，讲西湖百姓，我听懂了，你是在讲票务之重、之难、之苦，我们敬你三杯。”

三杯下肚，我说：“你说说意见。”

“这个位置上没有创造性，想有些新办法是行不通的，不让行。”

“好，你来说说。”

“我觉得票务是每个人的任务，出票分利，比如说有人能包一场票，可得六成，也即卖一万元可得六千；你卖一百张票可获利七成，一千元可得七百。”

“这不很好吗?”

“前任不同意，反对，说我不守本分。”

余副院长这时开言了：“没桥，怎么到西湖玩，多几座桥才好。”

羊票务：“余院长这话实在。我们要请全国大剧院的流派名家来把剧场演热，前任骂道歪门邪道，想用公款出去玩，吓得人动也不敢动。”

我问道：“你们若是包了一场，提不提六成?”

“这是我们自己的工作，虽然也提，但要打折……”

“几折?”

“四到五折。”

“少了。这样吧，你把票务方面的意见写成若干规定，给院务会议讨论，形成决定，就好办了。”

羊票务起立一躬，举杯：“谢谢院长，干。”

散席了，羊票务走近我：“为售票，我还买了本书。”

“学习文化，好，有了文化就有魂了，什么书？”

“上海同济大学教授写的《孟小冬》。”

“孟小冬，请来演出啊！”

“可她死了几年了，我父亲生前曾多次请过她在无锡演出，这部书写得真实、认真，写活了孟小冬，我想从中学到些东西，把票务工作做好，做活！”

“好，这书钱我付，找徐主任去。有什么有兴趣的地方？”

羊票务叹了口气：“一个名演员，却爱上海流氓头子杜月笙，真可惜！”

“感受名人自由呗，说说。”

“解放前，她去上海演出，被杜月笙看上了，杜请了她几次，也就被看中了。有一次杜的老婆对孟说，今晚去我家吃夜餐，就睡我那儿，谈谈玩玩。当晚睡到半夜，老婆却悄悄走了，杜爬上床，二人就算结亲了。所以，以后在香港补办了婚事。解放前夕，杜逃往香港，孟也去了。总理曾派人请她回内地，她不肯，马连良、梅兰芳都劝过，她坚决摇头，亲妈在北京生重病，以及以后的病逝祭奠，她不回内地，在香港焚化纸钱。杜以后逃往台湾，死葬台湾；孟也去了台湾，葬于台湾。”

“怪不得大陆要研究孟派老生艺术，搜集不到资料。其实，我心里对这种人连最后一点崇敬、尊重的心也没有了，却滋生出一眼鄙视。”

“孟小冬的家人里，当年曾有一青年，能在舞台上原地翻一百零八个筋斗。”

我大惊：“好，请他来。”

“请了，他不肯，说岁数大了，一百零八个翻不动了，只能翻四十个，已经到顶了。”

“四十个也好，请……”

羊票务果然死活花高价把他请来，演了几个满座。

十

剧目组正讨论，李团长说：“我听说是《白蛇传》，其中的《盗仙草》一折没通过，得改。”

许青旦发言：“每次演‘盗剧’，总觉得别扭，蛇是鹤口中之物，何况还怀着呢，在鹿鹤二童看管下，竟能盗了仙草，这不可能。”

余副院长说：“这话有理，过去的作者为了强化白娘子的美德，硬往上贴。”

李团长说：“应该显示她的感情面。”

江南草说：“我听人说，白娘娘应该跪求仙鹤，说她一死，是三条人命，求鹤施恩放行。鹿童在旁说，放了白蛇，可赠修行年限，并愿在师父前担责。鹤童放了白蛇，白娘娘持仙草，救活许仙。”

许青旦大声："就这么改，救了三条命很感人，很好。"

尤名旦嘴一歪："剧情都流传这么多年了，都是这么演过来的。还是我演的话，就别改了。"余副院长："不改就不演，许青旦在这儿。"他讲得很严肃，又问："三团演什么？"

许青旦回道："刚从北京学戏回来，我们演一台折子戏专场，新创的。"

"好极了，什么戏码？"

"三折，一为《刘姥姥梦游大观园》，二为《颂隗顺》（丑角戏），三为《沙家浜 · 智斗》。"

"那要演全本《沙家浜》，演我新创的《凤河柳》吧。"

谁敢得罪尤名旦？真是太岁头上动土。但大家又赞成这样做，全院的演出水平方得提高。

许青旦演了《秦香莲》，很感人，九成上座。

她又暗暗地改起《盗仙草》来，她从严要求，用迅速而细碎的跪步跪求鹤童，用飞步腾云驾雾，用跌翻表示自己怀孕无力，都是绝活，还写了一段唱词：

家住杭州开药店，

救治百姓贴本钱，

吓死丈夫名许仙，

从此百姓买药呀（哭）无钱，

大仙（跪步）不允我取仙草，

许仙必死我母子也活不了，

三条人命死峨眉，

你，你，你可怜可怜三条命（跪步）。

鹿童哀告："师兄，三条人命。还，还有杭州需药的百姓——"

鹤童："可怎么对师父？"

鹿童："你去他地看管，这儿交给我负责，师父那儿我负责。"

仙鹤展翅飞去。

白跌入深山，被鹿童救起："快，持仙草救夫，快。"

白接仙草飞身而去。

演出效果很感人，绝技动人。

彩排后，尤名旦突然叫道："这戏，我正在加工，许妹妹，我不曾否定过院部的决定，得执行，谢谢你。"她默默地私下说："省了我许多事，我先演。"

尤名旦见许改得好动人，强行夺演，许青旦谦逊地道："姊姊演，更好，彩声更足，水平更高，行。"

人们肚子里夸许青旦贬尤名旦，讲尤名旦太霸道，窃取别人的艺术创造成果。人们知道，尤名旦并未加工此剧，因见许青旦改得好，说谎霸演，暗暗骂她可耻。

十一

尤名旦嘴上虽狠，但心里软弱，暗暗地哭泣了几次。她不练绝技，怎和许比，但她有诡异之法，外面海报写尤名旦演，但到演出时出现各种病灶，便请许青旦代演。她做得很成功，但名声也更坏了。

有一晚路经荧光歌舞厅，尤名旦不由来了兴趣，心想，剧院失败，另找出路，进去看看。走进后发现歌厅舞者歌者皆平常，自己来了兴趣，从此开始了歌舞生涯。

厅里有一位四十岁左右的企业家，人称牛老板，听了尤名旦之唱，特别是看了尤之美十分满意，几天后，在门口迎候，邀尤晚宴，在红酒浇灌下，二人成了好友。

尤名旦永远记住我那句早点结婚的话，心想要找个有钱的，果然送上门了。好，像看夹竹桃一样多看看。过了个把月，有一晚，几杯酒下肚后，尤名旦问：“四十岁了，怎还没婚配?”

“我喜唱，喜乐，一直没找到合适的。我想，总会有这种美事的，因为我很慈善。怎么，你怎么也没结婚?”

“我曾发誓要嫁个慈善的人。”

“我，怎么样?”

“我是京剧名演员，嫁人后，这个人要为我建一工作室，肯花钱。”

“行。”

就这样，京剧院尤名旦工作室成立了，成了剧院唯一的一个工作室，十分显眼。

她想请一作词一作曲，用新的歌舞独霸歌舞界。

王名丑打哈哈，把五麻子跟他闹的事讲给我听："院长，你也表个态嘛！"

我回："五位俊俏找你当组长，召你表态，你不表态，我怎表态？"

"嗯……"王名丑哽住了。

"快下妆，到院部会议室来，一起来商量下。"

会议室内。

庞麻子抢先说："我的十几个徒弟，急着要我办餐厅。对外营业，请我们俊俏组王组长当总经理。"

王名丑一笑："这好，天天有名菜吃，行。"

张麻子："就这么定啦。"

我问："办在哪儿？"

张麻子："就在夹竹桃园，把那走廊放小，池边草亭扩大，夹竹桃西移，够了。"

王麻子："不花钱？"

“地自有自用?”

“丈量过了，够。”

王名丑：“不要钱，不能干。”

张麻子：“你是组长，不要钱，不行，不玩可以。”

王名丑：“不吃不行，得给钱。到那一天，一定好吃得来，哈哈哈。”

许麻子：“你要给钱，咱是艺术单位，要办有才华的事。我儿子住在苏州，就在周瘦鹃家隔壁，常去周家玩。”

我问：“周老的态度?”

许麻子答：“周老对我儿子很热情，常常授以盆景技艺。周死后，苏州就算他能善植盆景了。”

王名丑：“关我们啥事，废话。”

许麻子：“你肉麻不肉麻，你是不是艺术单位的艺术人才?”

“是，又怎么样，嗨嗨。”

“就要喜欢喜爱艺术，盆景最艺术，就要爱。”

我说：“你的意见?”

“夹竹桃园里应有众多盆景，艺术气氛更浓、更强，王组长也更有实力。”

王名丑：“哦，原来是这个意思，不肉麻。行，把许小麻子调来，培植盆景，成为一派。院长现在轮到你表态了吧。”

我一笑：“好，都不肉麻了，还要我表态，你要演一折名剧，行不?”

王名丑：“你太坏，行。”

“演什么?”

“要当场拍板？行。”

“报戏码——”

“《疯僧扫秦》。”

“《花子拾金》不演了？好。”

许麻子：“包你满座。”

王名丑："满座，我请你喝'梦之蓝'，我们一醉方休。"

"到时再说，现在别肉麻。"

我说："以王名丑为首的俊俏组成立了，归徐主任管辖，快回家睡觉，快。"

十二

我每天总要在周围转一转，这很好，能发现新状态、新事物和需要解决的新问题。

这日九时不到，来练功房，却发现有人在练功。往里一看，只见三团青年女旦许青旦，跛着腿，在里面走圆场，很痛苦。忙走进说：“来，我帮你揉揉腿。”

许青旦羞赧地：“女人的腿男人揉不方便。”

“对对对……”

正好一个五十岁左右的勤杂工提着水，拿着拖把走进来。

我忙说：“张大嫂，你帮揉揉，推拿推拿。”

“好呀，我的老本行。来，你走几步。”

许青旦咬牙走了几步，张大嫂忙上前把她的腿拥在胸前揉、捏、搓、拿，弄了几分钟。许青旦喊好叫停后坚持跑了几步：“呀，好多了！”

我说：“我让徐主任奖你。”

这天从剧场穿过，剧场是武剧团练功排戏的地方。一进场，只见众位武戏演员在台上练功，团长姓武，坐在台下，有些闷闷不乐，甚至有些苦凄凄的。我知道此人有柔弱的一面，也有要强的一面，猜想是这段时间全院搞艺术创新、现绝技绝活，而武剧团却没有起色，所以他心情很不好。

我知道他的心思，便朝他身边坐下。他一见我忙起立，我说：“你坐，我看看。”

“我们正练绝技、绝活。”

“好。练什么呢?”

“练三个，一是高衙内之死，二是高俅蹴鞠，三是矮脚虎王英打童贯。”

“好，又有一个武大郎矮步功了，为你高兴。你气闷干什么呢?”

“我怕完不成。到现在了，怎么杀衙内，还没主张。”

我说：“叫一个美人练一手绝活，借射帽之机射衙内。”

“呀，好，我们研究，会成三绝的，我先把王英戏童贯演给你看。”

戏中，徽宗在蔡京、童贯护下南逃梁山，梁山派来武松率十数人接驾。

一见面童贯就讽刺：“梁山没好汉，专派矮子。”

武松说：“英雄不在高矮，而在本领、武艺。怎么的，斗几下?”

童贯：“行啊，来。”便伸手抓武松。

武松跳至一旁，推出矮脚虎王英：“让咱们最矮小的，跟将军斗斗。”

童贯哈哈一乐，伸手欲抓，王英却早从他臂膀上翻坐至颈上，打起几个嘴巴。

童贯大叫："这不规矩。"抓住王英往地上摔，谁知王英双腿伸直，直踢了十几下屁股，踢得童贯狂叫。

原来，童贯人高马大并无武功，徽宗觉得丢人，气得胡子一翘："我要你干什么？滚。"

童贯当场自杀身亡。

我遇见写电影《蝶恋花》的作者，他仍坚持全院先讨论提修改意见，而后他改成京剧本子。

我同意他的意见，把电影本复印交各团讨论，这几天全院掀起修改电影为京剧的热潮，张说张、李说李，各抒己见。许青旦忙着到处听意见，择其优者记录下来。经过几天的深思熟虑和努力，大体上有了眉目。

本来三个戏：《西施》《董小宛》《生死恋》，现在又加了《蝶恋花》，多出许多热闹和矛盾，特别是经费问题。院里开了几次院务会，大家对李团长的一团有底，历史长，有账目，有积蓄，可以自行解决。

二团尤名旦最近很少演出，而现在要排两出戏，困难有点大，正议论，尤名旦大声说："这难不倒我，牛老板借了三十万。"

众大惊，嬉笑，连声喊好。

我说："我得亲自当面感谢牛老板，谢谢他的支持。这三团刚成立，就由院部解决吧。"

三五天后，许青旦汇总收集来的意见，对电影加以改编，一部同名京剧《蝶恋花》成为现实，遂进入排练。

小剧场已粉刷一新，京剧院该开张了。

这日院务会商量开张庆典如何设计安排，决定了如下几项内容：

一、九点大会，敲锣打鼓，放鞭炮。

二、我宣布省京剧院成立后请省长、厅长讲话。

三、请党校校长讲话。

四、全院同仁皆穿练功服。

五、晚间一场义演，交由羊票务负责。

到吉日那天，省长打着哈哈说："高兴！龙盘虎踞今胜昔，推陈出新流派立。以后有好戏，别忘了告诉我。当然有了不能克服的困难也找我，一定支持。"

我就要他这句话，激动地高呼："好省长，省长好。"满堂掌声。

厅长说："谁大听谁的，以后听省长的。省里要成立四大院，今儿一，明儿戏曲学院开门，接着省地方戏剧院挂牌，包括省锡、省扬、省淮、省苏昆，还有省淮海，以后再说。最后是歌舞话剧院，有歌舞团、话剧团、评弹团，几大院互帮互学互比，把江苏省戏剧事业推向高潮。”

党校校长从理论上讲了更多，包括戏曲对一个民族的重要性，绝非娱乐而已。经过党团发动，团长紧抓，几场讨论，全院上下精神面貌起了变化，从玩玩而已到传播民族志气、发扬民族优点，有了新认识：戏曲文化再不是娱乐品。

十三

这天的第一场义演戏票，羊票务大显身手了，他家家企业跑，传达省长的意见，当然有他个人的话在里面。企业家们见是省长叫他请的，从感动到激动，羊票务认识了许多企业家，为后来的票务工作做了铺垫。

回到院里，我见他累得慌，忙泡了杯茶，让他坐下喝茶休息，他感动得流泪，说：“院长这么关心售票人，我再累也应该。”他从口袋里掏出几页关于加强票务工作的意见书，交给我：“请院部讨论决定。”

《意见》包括：谁促成包场谁拿六成。谁售一百张票谁得七成。谁卖出十张票……谁邀名角儿演出、谁请得名剧演出划多少。票友过戏瘾，演一场，付钱若干……总之，谁卖出票，谁有利可得。

经院务会多次讨论，《意见》终获通过。

我说："票务是剧院联系观众的纽带、桥梁，演出没有观众是剧院的悲剧，要剧院干什么！我有几句顺口溜，大家听听："票务是座联系桥，观演中间钱塘潮。断桥如若断，白蛇怎与许仙好。"

众人皆赞成，自从有了这份决定，门庭热闹了许多。另外，演员们每晨练功，无人缺席；每人三出戏，水平由剧目组严格筛选，内容质量有保障。党校校长一席话使大家对文化（含戏剧）有了较深的认识，全院都在忙，无人闲着。只有武戏下手、丢枪手、龙套比较空，但另有杂活交代。

一早，我到练功房转悠，见许青旦买了两个麻团，一个自吃，一个请张大婶："来个麻团，千万为我保密。”

我大声：“保什么密？”

许青旦一见是我不由脸色煞白，大婶忙解围：“不告诉你就是保密，院长，你请别处转。”

两人只顾吃麻团，不理我了，我只好走开，麻团却在心中变成了谜团，解不开！

我边走边想，心中来了几句打油：

麻团即谜团，
何故不明传。
看她笑意浓，
想是技成怕争权。

又过了一段日子，尤名旦已经先行“交易”，择吉开张，她找到羊票务：“羊组长——”

“票务组有什么了不起，还组长！”

“组长和团长差不多大，总是院里的骨干人物。”

“有什么吩咐，尽管说吧。”

“我要结婚。”

“应该，你那企业家先生叫牛二中，上次建院时，省长让我请过他。”

“省长让你请过他？”尤名旦笑得脸通红。

“是呀，这有什么奇怪的。”

“后天举行结婚大典。喏，这是日程安排，演出那天票我全包了，你放心，不会让你吃亏。”

羊票务一看：

×月×日结婚大典，尤名旦主演《白蛇传》。

×月×日下午二时，客人游夹竹桃园林。（那时花正盛开，十分美丽好看，票由尤付款。）

下午五时，夹竹桃园林斜对面餐厅吃喜酒，尽欢而散。（此时园林的俊俏餐厅正紧张筑建中，只好如此筹划。）

这样的安排，尤名旦花了心思；这样的排场，实属少见，羊票务一声叫好："给你安排你做主，绝不马虎。人生一次婚配，不能马虎。剧务早起晚睡，忙好婚典你做主。"

尤名旦大喜："还押韵呢，好！"

正好我走来，尤名旦拉着我："我的婚礼请你参加。"

"一定祝贺。"

"演一场《白蛇传》，自我庆祝。"

"可这《白蛇传》……不说啦。"

"你说哇，怎不说了。"

"《盗仙草》并没改呀！"

"唷，从许青旦学的。是帅哥看上许妹妹了啊。"

我生气了，真动怒了："你将成新娘，是人在讲话，不是狗在吠，说话要负责，院里处理不了，马上转法院。羊票务你亲眼所见亲耳所听，到时候为我作证。”

羊票务埋怨道：“尤名旦说话要负责的，不要乱来，婚礼办不好。”

尤名旦哼了一声，向羊鞠了一躬：“拜托！”然后怒火满面地走了，羊对我说：“这种人，别给她斗气。”

这次的夹竹桃园林，到的人特别集中。众多红花、白花茁壮绽放。在园中，尤名旦碰见了我，向我躬身一礼：“我错了，请原谅。”

“恭喜，幸福，祝你与牛老板白头偕老。那天发火我过分了，请原谅。”

“晚上我敬你三杯。”

果然，晚上喜宴，尤挽着牛二中，二人向我敬了三杯，我回了三杯，大家欢乐而别。

我拿一张红纸，写了一首诗送上，诗曰：

郎才女貌喜眉梢，

今晚洞房涌春潮。

洁身自好到白头，

艺术创新夜吹箫！

许青旦演出在即，那位大婶借口走路疲劳，坐到报社传达室，闲话许如何艺高。轮到许青旦演出，记者们都来了，次日均报发了新闻，评论舆论皆佳。

一年下来，全院演职员练功、演出忙个不停，我却得了肺炎，去医院看病，医生急叫住院，我说我到文化厅请个假再来，医生说：“你快点，这不是小事。”

到了文化厅，找到当年的处长、今天的副厅，他说：“话剧团的小弓已提成副厅，管戏曲，此事得找他。可他现在出去了，等他回来，我帮你说一下。”

“好，又换了新副厅，怎么不告诉我?”

“他说告诉不告诉一样管。我知道他和你曾有交情，你曾在话剧团当过副团长，他在你手下排演过《飞天》，一举成名，这里有你一份‘功劳’。”

“人家易忘，只怕记不得了。”

多年以后回想，只觉一生遇到两位夹竹桃式的副厅长，一姓弓，一姓全。（当然弓、全二字都省去几笔。）

这儿先说弓副厅。

这弓副厅，原是话剧团主演，英俊潇洒，且演技高超，在观众中甚有威望。他的岳丈在京为高官，他想调作管行政，不想因此做了副厅，管理全省的戏剧事业。

老处长电话里告诉我，小弓同意了。老处长说要来医院看我，他竟说：“看也是肺炎不看也是肺炎，我忙，没得空。”我一听很震惊，他怎么说出这样无情无义的话！

我身体基础好，病好得快。在医院，羊票务等人来看我，羊票务悄悄在我耳边说：“弓副厅派了一个姓乙的来院做院长。”我吃惊了：“他怎么没通知我？”

又过了几天，我日益健康了，便带着疑问到文化厅找弓副厅，他一见我就说：“呀，你好。工作太忙，没去看你，对不起。”

“我会找你，这不来拜见厅长大人了？”

“我想你又怕见你。”

“为何？”

“院里对你有反映，错误很多。”

“噢，我听听。”

“说你和二团名旦尤名旦私通。”

“还有？”

“说你私下成立票务组，贪污演出公款。”

“所以，我被撤了，老乙去当院长了?”

“这很正常，按纪律办，没错。”

“法院审案有被告、原告，被告可请律师，你怎么不听听我的意见?”

他明显有些尴尬：“这不会错，我一向实事求是。”

“那么我说错了。”“错了”两个字，我用重音说出，表示我强烈的反感，批驳道：“唔，小乙，当过你的私人秘书。”

弓副厅火了：“你说我是为私不为公，私人感情提拔乙?”

“不错，你为什么不听我这被告的言论就处理了我？这合党纪党法吗？弓厅，有处说理，有地方讲法，你等着。”我愤然而去。

回到院里，众人一副尴尬相，要慰问、要欢迎，又有些迟疑，却见乙迎面走来，笑着：“新任欢迎前任。”

“弓厅长跟你谈话了?”

“谈了，说你和尤名旦那个，说你成立票务组贪污。”

我看他一副得意忘形的样子，很是生气，怨声说：“有人告我和尤名旦通奸，告我贪污，请检举人站出来大声讲，让全院人都知道。”

尤名旦突然跳出来：“谁在给老娘造谣，破坏我的家庭？狗日的，你不得好死，我要在阎王殿告你，看着你上刀山、下油锅。不错，在生活上我曾犯过错误，院长刚来那天，我向他调情，我说他是帅哥，不是院长。他回了我四句诗：‘人非畜类有感情，无情交配无人品。我乃院长非帅哥，家有贤妻赛天仙。’并且善意地送了我一首诗，我还记得。”

众人大叫：“高声讲，大家听听。”

尤名旦大声讲：“‘莫学夹竹花儿美，香气诱人易张嘴。毒素内藏别散发，演艺创新如潮水。’最后这句，我永记在胸，院长在把我往正道上带，哼，我要给中央纪委写信告发这件事，弄个水落石出。”

尤名旦果然实名写信举报到中纪委，写了快递，中央电令省纪委派人调查，这一查全清楚了，这奸、贪二罪乃乙凭空捏造的，为的是排挤老的，他当新的。弓副厅作风漂浮、不正派，与我合不来，要撤我，而乙正好是他私党。于是弓被撤，乙被开除党籍，行政上记大过一次，此事大白天下，公正明断。

回到医院，怎么也难入眠，姓弓的整我，我得贬他，以泄心中之怨恨，词曰：

贬弓副厅

弓副厅权重势大，

残弄百花。

主管戏曲，

堪比夹竹桃花。

曾演《飞天》英俊美，

艺惊上下。

肆意纵横，

外相美内心丑。

提升副厅岳丈强，

办事参差。

余肺炎住院，

嘘寒问暖全无。

病重请辞不约谈，

密派仇家。

诬我奸贪，

肆意纵横一昏鸦。

十四

贬完了弓副厅长总觉余意未尽，胸中仍有块垒，原来厅里还有一位全副厅，也是一位外貌平和、胸藏阴险的夹竹桃式人物。

我与他一九五三年相处至今，始则他为团支部书记，我为支委，行政上他是戏剧处科员，后调省京剧院任副院长，我则为社文科、厅办公室秘书。两人相处，从不吵闹。他寡言少语，我从不多嘴多舌。他和处长党组组员王平管戏，也从未生矛盾，很和睦。

他有亲戚是省委副书记，常要提拔他。他无官，架子却大大的，一贯冷面待人，反映不好，所以一直推延至八〇前后，方从扬剧团、昆剧院到文化厅当副厅。

我二人来往多，交谈却少。他心胸狭窄，对我似乎有些嫉妒，虽从不明说，却显露在眉宇间。我有《一得斋作品选》，曾请他作序，应该说我对他是尊敬的、真实的。同学老孔拿着书对我说："你们水平不在一个等次上。"确实，我写话剧《鸡毛飞上天》，电影本《民族魂》，长文《寻枫记》《访美记》《清溪九曲水中山》《昔日芳邻》等，而他却有文无处刊载，心中难免嫉恨。全副厅在京剧院没有我在江苏省昆剧院舞得好。后来有人推我当处长和《剧影月报》主编，他一笑了之，毫不理会。

我不知他为什么不理，却从淮阴调来一曾是造反派头子的井蛙，人未到，人民来信已到。宣传部李副部长命令退回，可全副厅硬是顶住。

有一事他拿我开涮。当了副厅的他，要推一人为院长，戏曲方面的事应是他管。县委书记想让我任院长多次向他推荐，他却不理睬提我当院长的一次次建议。后来任命新院长，他都不出面找我谈，而要孙副厅长（不管戏曲的孙副厅长）告之，说无锡老赵来院当院长，这就反常。第二天老赵独自一人来了，厅里无人陪伴和介绍，更是反常，我只好开大会宣布。没几天，我和孙奇华被派去党校学习四个月，院中之事由老赵一人说了算。

我们被“闲置”四个月后，去澳大利亚演出的名单已定，我和孙奇华为此做过长期努力却不被告知。老赵生活作风特坏，上级不同意，全却以党籍担保。全的逝世追悼会上老赵曾出奇地下跪，一切都明白了，全使足全力为老赵出国尽力，是为报答老赵当初在无锡时的什么恩惠。

心中余怨绵绵，又作词，为了消仇解恨。

责全副厅

又一夹竹桃花，

全副厅长。

送审《迎春岩》，

续品茶。

戚在高位提副厅，

架子更大。

装聋作哑，

冷笑斜目打哈哈。

违命调来井蛙，

上不允诺。

党籍保，

早死见跪心夸。

忆旧详折，

原是罂粟花。

这样的人还有几个，井底蛙、老乙、老章等人够格，不写了。

十五

那晚刚到家坐下，有人拍门，开门一看，原是那犯错误被开除的老倪。人家犯了错，不能冷淡鄙视，忙请坐奉茶。

“处长叫找你，大白天你忙，所以现在来找你，干扰你休息了。”

“不要紧，什么事？你说。”

“处长说党籍没有了，总得给碗饭吃，请院长安排。”

“对。你有什么特长？请讲，我好安排。”

“我爱创作，弓副厅长上演的《飞天》就是我写的。”

我激动了：“行，你留在创作组，行不行？有什么打算?”

“被人骗了的《生死恋》，我想重写出来。”

“什么内容?”

“陆游和唐婉的恋情，曾有人来求我改电视剧。”

老倪边说边走向那副大厅里悬挂的镜框楹联，惊叹道：“啊，你这客厅！不奢华，也说不上简陋，有了这副楹联可就文化气、书香气浓郁了，也增强了思想境界。”

“真这么神奇？写这个的是同单位的大书家，离大师级只差一步了。”

老倪站着看着楹联低声读起来：

成才不成人定是贪婪奸诈邪恶之才

成人不成才必为庸碌低能无为之人

“好，好。我是既不成才又不成人，却想成才成人，写了部话剧《飞天》，却与演员通奸！咳。”

我说：“改了就好嘛！”

“是啊，极想走正道，不过这《生死恋》是神话剧。”

“行，来一出龙腾虎跃，天马行空，你大着胆写。”

想把陆游的《钗头凤》改成电视剧，却不敢动手，答应稍后再议。此后他们不搞了，但我十分感动，特别是陆游老了写的两首思恋唐婉的诗，十分感人，于是便写了剧本，交石昆三排。他没兴趣，却利用我的私心，私自去京城请导演，此人叫李紫贵，是个文痞，借此南来故地重游，为儿子谋职。我被欺骗了，后来愤然写了几句诗责备之，诗曰：

京城文痞李紫贵，
家乡蜜桃换酒醉。
桃李无言三餐美，

做婊立坊儿入赘。

我夸道："这诗写得不错。"

"取笑了，现在我把这旧事新提，重写一个戏，能用则用，写戏前，先写文字，审查后再写戏，如何?"

"好，就这样定了。总之，你不要衰弱、消极，要立志重入党，成名剧作家!"

"写成能排，给哪个团排?"

"这要本子通过再定。"

"不，给谁排，就要从此人的兴趣特点、身材、演艺出发。本子给谁写是不一样的。"

"此说精彩，你找谁呢?"

"李团长?"

"行。"

"谢谢你的鼓励，再见，打扰了。"

"李团长。好。"

十六

从此，老倪白天黑夜翻阅资料，编排构思，先写文字，再剧作，他谨慎小心。

终于动笔了。

陆游，南宋绍兴人，大诗人，诗词近万首。生于公元 1125 年，卒于公元 1210 年。写下陆游种种后老倪突然用笔划去，既然决定写其恋情，便以一首短诗概括陆游的一生，诗曰：

诗词近万震今古，

一生主战无权苦。

主和势大常遭贬，

老来犹盼将如虎。

自此笔锋一转，他继续讲述。

陆游自幼与表妹唐婉，青梅竹马，十分亲近，结为夫妻，十分亲密，融为一体。

家中一母，乃夹竹桃式人物。一位邻居王婆尤为奸诈，造谣滋事，挑唆，拨弄是非，造成陆家阖家不安。陆母因此恨唐氏，并欲逐之，最终一次大吵大闹，陆母逼游离婚，恶毒地说：“她不走，我走。”背起行李，就要走，陆游只好离婚，但感情未断，常常思念。后来唐改嫁赵士程（皇家宗亲），虽不谋面，心仍恋之。

有一次，陆去郊外游春，欲至禹迹寺玩，然大禹未玩过，自己怎可入内玩？陆正想作诗，突然前面有一丽人飘然而来，一看，呀，竟是唐婉！唐婉也突然止足，与身边男人商量，并请陆游落座、饮酒，说话却吞吞吐吐，遮遮掩掩。陆游想起二人昔日的温情种种，也非往常爽朗。唐婉很快告辞而去，虽流连再三，回首十余次，终分别，引起陆诗兴大发，泪流满面。陆嘴里吟咏，双脚颠簸起来，走来走去忽见一白墙，便唤家人捧上笔墨，在粉墙上写了一首《钗头凤》。词曰：

红酥手，
黄縢酒，
满城春色宫墙柳。
东风恶，
欢情薄，
一怀愁绪，
几年离索。
错，错，错！

春如旧，

人空瘦，

泪痕红浥鲛绡透。

桃花落，

闲池阁。

山盟虽在，

锦书难托。

莫，莫，莫！

他用口吮笔，在粉墙下反复修改，泪水涟涟，仆人们纷纷劝其回家，他又大声吟哦了几遍，方甩笔而去。

过了一段时间，有人传话：“禹迹寺南沈园里，你那《钗头凤》背面多了一首女人笔迹的词。”

陆游听了，迅步前往，至粉墙前，只见：

世情薄，

人性恶，

雨送黄昏花易落。

晓风干，

泪痕残。

欲笺心事，

独语斜阑。

难，难，难！

人成各，

今非昨，

病魂常似秋千索。

角声寒，

夜阑珊。

怕人寻问，

咽泪装欢。

瞒，瞒，瞒！

陆游边吟哦边哭，特别是读到“咽泪装欢，瞒，瞒，瞒”，和“人成各，今非昨——”他又号啕大哭，引来游人驻足。

家丁告诉他，唐婉写诗方毕，人已昏倒，现在已得了重症，病倒在家。

陆游哭道：“她病，病了。”

陆游到家，母亲看他哭泣，泪下千行，忙问何故。游答曰：“婉儿重病将逝，你满意了吧？”

母亲恼怒：“我只要她走，何曾要她病而去。”

“总之，你称心如意了，儿子孝顺了，就苦婉儿一个孤单女子啊……”又大哭起来，陆母无言自愧。

次日，陆准备了些果品、人参、糖类，装置了一柳筐，与家人抬着往赵家走来，陆边走边吟：

婉妹气闷生重病，

愚兄探视急速奔。

已到赵家，突然止步。

这时一家人奔来："公子回去，明日赴京赶考，快！"

陆便命家人将礼品送至赵府，随后在荒山野岭跪下来，哭泣多时方起身回家。

十七

唐婉其实看见陆游了，不便讲话，但又想见他，停了一会儿便向赵士程说："我想去禹迹寺，我写的那首词要改动一下，你陪我去。"

赵士程文化不高，靠皇亲的身份，日子过得很惬意，便答应了，于是一轿二人去往沈园。

那日也是合当有事，王婆听说陆唐在那里写了诗，一想没好事，发牢骚，掇使陆母往游沈园，陆母因陆游此时正准备京城赶考，感到孤单，便答应了。

老倪写到这儿，准备将来写成一折戏，所以也认真书写起来。

唐婉一到沈园，就看见姑母和王婆，上前敬了一礼："二位长辈好。"

王婆高声笑道："哎呀，文人来了，正好有事请教。"

"大娘抬举了，请问何事？"

"这'世情薄，人性恶'，是说你姑母逼你离婚，逼你另嫁？"

唐婉一听，这是来挑拨的，便说："你到反面再看看，她儿子是怎么说的？"

二老转身一看。

陆母不由大怒："儿子骂娘东风恶呀！"

"姑母，你弄错了，按这岁数应是冬天的冬，是寒风，东风是春天。"

"呸，东南西北东为首，这儿谁最大？我，东风就指的我。你还欺骗！呀，赵大人，她是个惯会欺瞒的，你看'瞒，瞒，瞒'。"

唐婉有心思，本不想张扬与陆游的往事，陆母这一说，说中要害，不由一阵晕眩，跌倒于地。家人一把扶起，送入轿内，疾速回家。

陆母、王婆大笑："揭穿了，揭穿了，此次来沈园，来得好，来得是时候。"

轿子到家，众人扶唐婉下轿，不幸发觉唐已死轿内，众人不由号哭起来。

魂魄刚离身，便见牛头马面，锁拿而行，便说："你无理欺婆婆，押你去地藏王受审，定罪。"

唐哭道："这是那个王大娘的谣言，请核实。我这么年轻怎会死，就是她害的呀！"

"上面是地藏王菩萨，你有话实说了吧。"

唐婉跪泣："菩萨，小女子冤枉。"

地藏王命判官翻阅档案，判官禀道："这女子孝顺公婆，乃大诗人陆游之妻，未逝时写了《钗头凤》的词，写得很好。二人相处很甜蜜，那王婆嫉妒，造谣，撺掇陆母逼唐出门，她郁闷而亡。"

地藏王说："你把你写的《钗头凤》读来听听。"

"是。东风恶——"

地藏王一拍桌子："东风恶，是指陆母说的，怎说她待你不好？你骂了她，她才逐你出门的。"

婉儿跪下哭道："其中另有原因。"

"讲。"众鬼役大声吆喝。

"请听，我家门前有几棵夹竹桃……"

"有吗?"

判官："有。"

"讲。"

唐哭诉："那日姑母和王大娘因未买蔬菜，便拔了两根，将其花叶皮炒着饮酒作乐，正欲伸筷，我大叫不能吃，有毒。姑母说我好吃，我说有毒是想自己吃。我本意是救她，她却错领会我的意思，执意要吃，我只好伸手使劲把盘子打翻。二人大怒，喊来儿子陆游，要将我逐出，并发出誓言，有我无她。儿子怎能逐母留妻，只好与我分离，请大王明辨。"

地藏王问："情况属实？"

判官："确有其事。"

"这么说，你是对的。"

"大王明断。"

"好，你阳寿未终，有何要求？"

"朝廷要陆游去四川军中任职，那儿主和派极为势大，去必遭贬斥，乞望暗中相助，请恩准。"

地藏王："此乃好意，准。牛头马面暗中相助。"

"是。"

十八

陆游赴京赶考，本已中进士，秦桧却为了孙子得中，赶走陆游。写到此处，老倪心中不服，笔下流出四句：

夹竹有毒尚有香，
秦桧奸邪臭八方。
为孙高中进士官，
赶走陆游回家乡。

陆游回到家，家中告之唐婉死讯，他失声大哭倒地，待苏醒过来，忙命备祭品，往唐坟哭祭。

陆母问："考中否?"

陆答："被秦桧为孙子夺去了。"

"呀，秦贼和唐婉一样的毒呀。"

家人告之日前沈园之事："哎，怪不得母亲和蔼亲人，原来你把唐婉气死了。"

陆母恶声恶气："你那东风恶，欢情薄，是骂你老娘啊！"

"否！但你说是就是了，谁把她气死了谁就可恶。"一边怒气冲冲带着祭品往唐坟上疾步而行。

一段时间后，老倪把已写成的两至三折文稿交给李团长，说："拿去看看，望多批判，出新点子。比之过去，对夹竹桃式人物，也即陆母和王婆，揭发批判少，而且最后要出一场《女判官》。"

我惊了起来："全国几百剧种，哪个剧团有女判的？怎么化妆？怎么个台步？穿不穿高底靴？……"

"这正是来自江苏的创造嘛！"说着丢下文稿

就跑了。

李团长忙展稿夜读，读后兴趣盎然。次晨，交给我，并说了女判一事。我一听，忙翻弄文稿，读完，颇感新奇，尤其推夹竹桃的那一段，很感人。而且女判一段要多方创造，开全国之先，是件大事，定要办好。

我忙命人请导演老石、作曲老胡、化妆师老王和徐主任共商大计。众人知情并看了文稿后，齐声高叫："这事儿得办，尽管难办。"

我说："在艺术创新上，我们下硬功夫，来点儿新的，绝不马虎、平庸。"

这时，余副院长气冲冲走进来："我即使狗胆包天，也不敢改大师的作品，不行，不行。"说着躺倒在沙发上。

我忙问究竟，余副院长说："龙名旦要去上海演出，她是梅派传人，想把《生死恨》改一改，带去上海，想请我改。我又不是编剧，有这份水平，也没这份胆量，大师的作品呀！”

我说：“你不是自作、自演了《凤河柳》嘛，很成功啊，改！”

“什么？改？你改？”

“有点志气，改好了，演出了，全院提意见，讨论再改，再创新嘛！大师若在世，看见自创作品也要改的，不怕，胆别怯。”

“你撑我的腰？”

“撑，百分之百地担当。”

“好，试试。”

“不是试，是一定成功。”停了一停，向在座的人看了看，“诸位，从现在开始，我们以新角度在全院排一出大戏，我宣布全院从今天起进入艺术创新阶段，最近看了杜近芳一篇文章，《京剧传承要‘追源溯流’》，很有见解，我想请她来和大家作个艺术报告，谈谈源和流的关系。”

众皆赞成。

我又重点说了几句：“大家要在女判的形象、唱腔、舞姿上下功夫，发明、创造一个女判，为院争光。对得起杜大姐的报告，我还为她写了一首诗。”

众人吵嚷起来：“读来听听。”

“好，多批评。”

学王入梅出杜，
精研梨园生态地。
古学传统，
今挑重担。
主题人物，
个性仪礼。
追源溯流，
自立自主。

运筹帷幄，

布棋子，

悟哲理。

花坛绽放旺季，

同行问，

源流谁低。

菊香生智，

苦想冥思，

前思后想，

云开天霁。

科班同行，

多生醋意，

激辩中悟出，

灼见真知。

十九

在一座新坟前，白幡招展，纸灰飞扬，赵士程刚走。

陆家家丁将祭品铺在坟前，插地十余杆白幡，点烛焚香，烧化纸钱。陆游跪伏下去，放声大哭：“婉妹，你怎不等我京城归来呀！”

这时一个赵府家丁递上一笺：“夫人断气前写的这几句，叫交给公子。”

陆游接过一看，不由更加号啕大哭起来。

原来是唐婉临死前写的一首断肠诗，诗曰：

此身虽逝魂犹在，

愿随郎君到天台。

生死相恋难上难，

难不倒我把玉帝拜。

陆游十分激动：“我不可能，也不会忘记你呀！我们应该生生死死地相恋呀！”

回到家中看见王婆，他厉声道：“你来干什么？”

“咦，奇怪，左邻右舍走走，这不正常吗？有错？”

“错！善意的走动不错，可你是恶意的，你见我家本来团团圆圆、和和气气，你妒忌，便造谣生事，挑拨离间，使婆媳失和，最后逐走媳妇，你满意了？如今，见我母子和睦，你又想搬弄是非，使家母认为我是逆子，把我逐出？如若日后逐，不如现在走。母亲，今天她不走我走。”陆游背起行李就要走。

陆母说：“王家大嫂，你让一次吧，我谢你。”

王婆大哭，转身而退，陆游关上门，进屋而去。

临安皇上驾崩了，孝宗即位，有两件事得到改变，引起人们的兴趣，欲为岳飞父子及婿平反。问题来了，有人要为他们三人建岳坟，可忠骨何在？还是衣冠坟?

这时有一个小差役站了出来，他大声说；“听我的。”临安城万人空巷，安静无声，那人说道：“岳元帅死后暴尸大理寺刑场，有狗欲噬其肉，我在暗处凿洞，盗出元帅忠骨，是夜驮尸往西湖荒地安葬。十指挖土，血流不止呀，终于成墓，在旁边插一条我带去的孝带，上写‘贾宜人之坟’，实为真英雄之墓，你们相信的跟我来啊！”

成千上万的人来到西湖，掘出忠骨埋之，遂建成岳坟。

小差役叫隗顺，乃一忠勇贞洁大英雄。

老倪一直想在岳庙中立一隗顺塑像，但无力也无钱，便写了一首词，曰：

颂隗顺

岳元帅子婿同冤死，刑场隗顺在。
曾当堂反诘，审者战栗，金铸四字。
换来秦贼鸠毒液，失态震惊。
而对良心人格，悲岳帅暴尸。

差役隗顺正派，无分职高低。
拼死寻忠骨，冒雨夜，凿洞盗忠骨，
雨中驮尸行，刨土血染骸。
德昭昭，心炎炎，名垂千载。

孝宗即位后，第二件德政是取消秦桧孙子的进士及第，归还给陆游，并命陆去四川军中服务。

陆游大喜，临走那天，“娘，”他指着一棵树对母亲说，“这叫什么？”

“不认识。”

“它叫夹竹桃，夏天开花，有白有红，香气诱人，可这花皮叶有毒，有种人就像这花，表面香气诱人，实属毒气害人。王大娘就是这种人，她造谣害人，被人一揭穿，反害了自己。我要去四川了，我送你几句话：

夹竹桃花香气娇，
搬弄是非常造谣。
毒计过多害自己，
正道不走走断桥。

“王大娘这种人走断桥，别跟她来往，你把这个家管好，别听她造谣生事。”

陆母说：“你上次讲了。对，自己的家事靠自己，要清楚，不能听人胡说。”陆母有泪水了：“你这一走，这辈子恐怕见不着了。”边说边哭出声来。

“我会来信向你老人家问安的，可你千万别信人造谣啊，特别是王大娘，别理她。”

“嗯，你也别说东风恶。”

“东风不恶，东风是春风，春风一到就飞雨，春雨贵似油啊。娘，儿子弃笔从戎啦。”

陆母高声欢叫：“好，娘送你……”洒下几滴泪来。

二十

老倪写到这儿，预知后面几段是神话，所以事先做了思想准备。

果然，陆游一路之上，或逆水而上，或乘车西行，总感到有个身影，似人非人，似妖非妖，随着他前行，十分诡异。他曾几次呼喊，但没回音。

一日来到一驿站住下。次日晨起，见数枝寒梅在驿站桥边怒放，微风吹过，阵阵香气袭人，陆游心里十分高兴。

桥的东侧因靠厨房，夜雪已化，成断桥。

梅放，却无人欣赏，陆游走至梅下，只觉香气袭人。

午后睡一觉，下起雨刮起风，梅瓣飘落一地。

有一女子孤立树下，他诗兴大发，顺手写下《卜算子》一首，并开始高声吟哦……

驿外断桥边，
寂寞开无主。
已是黄昏独自愁，
更著风和雨。

无意苦争春，
一任群芳妒。
零落成泥碾作尘，
只有香如故。

他是微闭双目吟咏的，吟完一睁眼，忽见树下站一女子。这时，女子一转身，微带笑意："谢谢！"

陆游一注目，大惊，大喜："呀，原来是婉妹！

你那儿风大雨狂，来我这儿休息。”

“不，不，我已为人妻，友人妻不可戏，此乃人之道德，且你我阴阳有别，有《卜算子》足矣，谢谢。”

随后，她用甜润的声音吟诵起《卜算子》来，且吟诵的声音愈加悠远飘逸，却飘来一阵清香。陆不由放声高呼：“婉妹，我给你开一个房间，好好住一宿。”又是一阵花香袭来，他只好灭灯夜宿。

我又找李团长，告之其事，李团长大喜：“呀，梦想成真了哇！”

“不过，不管神话、鬼话，艺术上要有创造性，这一次你和他聊天时，要大力提倡，不能庸俗平凡。”

“对，你说中要害了。”

李团长和老倪谈了多次，二人共同意思，写好下列几场戏。《离婚》《沈园》《卜算子》《军费》《女判》，一个晚上的戏。

老倪说：“我还是先成文，你挑剔指正，讨论后再成戏，成功的把握大一些。”

李团长赞同：“行，你精心进行艺术创造，不平庸就行。”

老倪听说尤名旦抢排《盗仙草》，内心认为甚为不妥。两人腐化非正规，却有几分感情，总觉得应该向她赔不是，劝她走正路，于是想了好久，写了一首诗。诗曰：

自力更生更自尊，
精细创新名旦魂。
窃人新创人庸俗，
愧对娇娘一夜情。

尤名旦接到这四句诗，反复吟哦，悟到改《盗仙草》之非。对“精细创新名旦魂”一句，更觉深刻，指明方向，心中亮了许多。对老倪其人有了些许尊重。如今，他被开除撤职，并主动道歉，尤名旦反而对他有了好感。每次遇见总要笑一笑，而且从此后努力“精细创新”，很有进步。

老倪每见到她则早避在路边，一躬身，表示歉意。

尤名旦很怜悯他，同情他，预祝他成功。

一日，老倪又来找李团长，把新写好的部分文字稿交给他看。

“你先看文字，看哪些可写成戏，哪些可写唱词。”

“这要你做主。”

“不，此戏你演，文字已写至《卜算子》一段，你看了请提提意见建议。我力争把这部戏写好，你演好，成为名载史册的梅派大戏。”

“好，你这人谦虚、忍让，我力争出新、创新。”

“写戏，要先定角色，就遵从此人的特长、兴趣，充分发挥他的优点，这戏准能成好戏。若要角色适应剧情、迁就剧本，这戏准不好。”

“精彩，我一定认真拜读，谢谢你的好心好意。”

二十一

陆游到四川后，在王炎川陕宣抚使署内任职，常常主动请战，可王是个主和派，不支持他，反而常贬低他，斥责他。

一日，王炎正举行盛宴，举杯与下属对饮，厅内有丝竹悠扬奏乐，十分愉快。就在这时，陆游率一彪人马飞驰而来，其进厅跪倒道：“启禀将军，陆游率人马飞抵长安城下，只见金人城门大开，胡笳丝竹声声，酒味浓浓飘满全城，正是进攻的大好机会。请将军下令，进攻长安。”

王炎大喝一声：“尔无令出击，违犯军令，绑起来。”于是，走上几名卫兵，把陆游捆绑而去，厅内继续饮酒听乐。

突然空中飘落一张纸笺，王炎接过一看，大吃一惊，只见上书：

拿俸禄，

保家国，

怎能天天鱼肉，

日日丝竹。

部将主战，

长安探敌情，

却关进牢狱，

告到大理寺，

刑讯跣足，

看你魂断啼哭。

王炎对被告到大理寺特别害怕，惊得脸无血色，苍白颤抖，忙下令，把陆游放了。

场里，忽起一阵狂风，把那张纸笺吹到陆游手中，陆急忙藏入怀中。

是夜，耳边响起唐婉的声音：

主和将军厌烽烟，
主战之人无兵权。
你与边关无缘分，
回家养老终天年。

稍停，唐婉的声音再起："上天给假，陪君川行，如今假期已到，该走了。从此，天上人间，云里雾里，无有唐婉踪影。别了，放心……"

陆游高叫："你不能走呀！"

天上，有人叫喊："一路之上，你很严正，本王任命你为'判官'。"

唐："不能，世上从无女判官。"

“男人判妇女事，总觉不妥。别推，女判官好。”

“我不能审王大娘和姑母。”

摔出一卷书：“此乃上天法规，拿去细读公审。”

一册书摔下，唐接，跳起“女判舞”。

二十二

全员跳起了“女判舞”，走起女判各种台步，各样化妆，甚是壮美。

写至此处，老倪一甩笔，长呼道：“成啦！”

我连忙找来导演、作曲、化妆师，令其讨论探究各“女判舞者”之长、之美、之优，汇集改编，而后综合成《女判》。

我又召集了座谈会，重改了由下列折子组成的系列：《分离》《沈园会》《地审》《卜算子》《率军夜探》《王炎酒宴》《被封女判》《审毒》——其间有过场。

老倪日夜辛苦赶写剧本，成就了全院的第一个自创剧，排成后十分优秀，尤名旦直对倪竖大拇指。

女判高声威严道："带王氏和陆氏。"

王婆被牛头马面带上："哼，你不敢审我。"

唐婉捧出"天法"："天法已审你有罪！"

"上天还有法？这……"

"尔拆散陆氏家庭，沈园气死唐婉，有罪！待我向地藏王呈报，定尔之罪。"

众鬼役、牛头、马面一齐高声应和，声震天地，吓得王婆浑身颤抖，号哭恶叫："再不害人啦！"

鬼役一吐舌头："走！"

二十三

我阅看羊票务排列的演出情况，发现一大奇事，尤名旦无一次演出，这很反常。一个曾经与全院旦角争演节目的优秀演员，现在却不演了，这使我想起她的工作室，呀，她是想放弃京剧而独霸歌舞厅吗?

这不行，得管。

我请了她、她丈夫牛老板，还有两个工作室的人（一为作词，二为作曲），来到一家高级茶楼，品茶闲谈。

在茶会上，我劝说尤:“尤名旦同志，我发现你正在弃京剧而主歌舞，这没有什么不好，但你没想到两者间的差别。过了而立之年，歌舞厅就嫌你年长了。”

作词的说："这话实在，歌舞厅有几种，我们在的这一家钻进钱眼儿了。厅里有一首唱词，说'十五六岁上舞厅，人过三十不值钱，男人怀中不怕抱得紧，越紧越有钱。'"

尤名旦问："有这首词？"

"有，没假话。"

我说："今儿先敬你一杯茶，比来比去，我是来请你排出新戏的。"

尤名旦急切道："什么戏？"

我答说："《董小宛》。"

"过去演过。"

"不是她进宫的戏，而是二十八岁之前她对冒的爱、关心和支持。"

"她二十八就死了？"

"是的。这戏里有一出有绝技的好戏，新婚之夜，冒梦呼'园园我想你'，她吓得走入院子。有感情戏，有动作戏，能现出高超演技和苦练绝活。”

“呀，我试试看?”

“不是试，而是演。句子我都背熟了。”

尤名旦来了兴趣：“念一遍，我定案。”

于是——

梦中新婚一声呼，
吓得我手足冰凉泪湿襟，
风习习、雨蒙蒙，披衣姑苏回，
呀，落叶朽枝挡路行。
园园姊你不该遭胁迫不反抗，
你不该屈从权势西南行，
留下苦果小宛吞，
这同床异梦怎一枕眠。
呀，呀，呀，
喜事无办法变，

只有施爱赢郎心。

天天美食，杯杯香茗，

写字我磨墨，吟诗我参评，

天冷为加衣，热来装风扇。

一腔热血，满腹恋情，一颗爱心。

四季如春郎必喜，

若，若公子还想园园，

天啦!!

浮尸山塘决不做无爱之人。

尤名旦突然激动地大叫一声:“我排，谁也别抢!”

隔壁的余副院长、二团李团长二人手捧茶杯走来，往尤面前一站:“谢谢啦。”

我说:“我还在组织写一个剧本。”

尤名旦大喊:“先给我看。”

我说:“可以，不过你得把工作室的编剧借给我。”

次日晨，尤名旦穿上还未穿过的练功衣，飞步走进练功房。众人大惊："呀，我们的练功服都破了呀！"

我估计尤名旦有这一手，便说："为了欢迎尤名旦，每人再发一套新练功服，好不好？"

赢得众人一阵掌声，尤名旦却隐立墙角感动而泪下。

过了两周，尤名旦排好了《董小宛》的第三场，专门演给我看。唱、演俱佳，且有绝技，下功夫了，我大为赞成，连连鼓掌。

二十四

许青旦又在剧目组借了本杂志，我一看，是《八问西施》。嘴里直说好，借来后去找余副院长。

余副院长："你拿回去看，看完了送回来。"

"不，我得找你商量。"

"找我，啥事件?"

"找你创作剧本!"

"哎哟，你找错人了。"

"不错，你给梅大师送过米麦。"

"哎，这倒有的，写什么?"

"写西施，当年历史不清楚，梅派西施也有错。"他指着期刊说，"一是范蠡年长西施四十岁，剧本不可首尾写二人的情爱；二是西施一出场，应是农村姑娘，而非大家闺秀；三是夫差是有谋略之人，不是白面淫徒，他在江北率众开挖邗沟，使南北运河相通，可以运兵。古人对其有诗评价，‘妇人之仁放勾践，凿通邗沟善用兵。白帆波涛利后代，骄横亡国实可怜！’这几个大错得改。”

余副院长来了兴趣：“我看看，能不能写。”

文章给了余副院长，他拿回家认真细读起来：“超越时空的对话，八问西施……”于是，文章如此写来。

突然一晚，梦中走向晒台，迷蒙中一女子背向而立，骤然开口令人一惊，她那凄苦、忧愁的音色令人动容。

“你关于西施的问题可问我，她有话要说，有冤要申，有泪要抛洒……”

“请小姐转过身来。”

“不。”只听其声坚持、执着而沙哑，“古代僵尸面孔，惨白无血色，你不害怕？”

“不怕。”不能输给一个女人，虽然心存恐惧。

“算了吧！你语调虚浮，可见你内心空虚又胆怯，有话你就问吧？”

“我满肚子问题，先问第一个，你到底在吴国做内奸害了多少人？”

“害人？”

她一拍栏杆：“你该问的第一问题，应是苎萝姑娘有什么向往？”

“农村姑娘心中的追求。”

“对，我坦率地说，是青山绿水，草房牛鸭，男耕女织，生儿育女，不贫不病，嫁一个俊俏本分的男儿……”

“还应该读过书，人本分……”

“那当然好，但才子都不是好人。不，有好的。

人要本分。”

“第二个问题，当你知道要被送给吴王时，你……”

“我大哭三天，可还是被逼着上路，一点儿人的自尊自由也没有。”

“自尊，自由?”

“这是我后来悟出来的。”她说话时双肩还抖了一下。

“我现在该问你对夫差的印象了。”

“对。到姑苏，一抬眼，只见一个强悍、一身戎装、威风凛凛、雄姿英发的男人正围我转。我一个农村丫头，哪曾见过如此高级人物，心里胆怯，却又新奇，想多看几眼。只见他双目温柔地看着我，看了一会儿，笑着说：‘越人玩美人计了！’我心一惊：……他，他怎么一语中的？以后我这日子还怎么过！这时，他却轻声慢语地说：‘姑娘你这么小的年纪，就

卷入政治漩涡，可怜！’在他身旁一位老人说：‘姑娘你今天身为越国女，但结过婚，就是吴国妇了，糊涂不得呀，好好想一想。’

“这时，夫差说：‘姑娘，本王虽爱你美艳超群，但并非淫欲之徒，你被越人逼来，我却不能逼你嫁给我。给你三天想想，你若不愿，本王送你回苎萝；若愿，则成亲。’那个老头子则说：‘若结了婚，可不准吹枕边风，进谗言害人。’随后夫差说了句：‘去吧，好好想想，终身大事呀。’话说得很关心，很体贴，我心里对他顿生几分好感。”

“你是怎么想的呢?”

“第四题了吧?”

“夜里想来想去，回则必受惩罚，殃及父母；留则整日在多疑、提防中生活，不像他人那么正气地活着。无路可走，便下决心悬白绫自尽，却被一更夫救了。更夫说：‘姑娘你确有难处呀。可你要了解了解我们大王的为人，这是一个善良人，有作为的人。他屯兵江北，开掘邗沟，使大江南北运河连接起来，此举不仅运兵方便，而且大大方便民间交通，民间都称好。’屯兵的地方渐成一小镇，名江都，这江都就是后来的扬州城，后人曾有诗评他。”

“哦，有这等事！请说，请说。”

“请听：妇人之仁放勾践，凿通邗沟善用兵。白帆波涛利后代，骄横亡国实可怜！”

“他是骄横亡国而非淫欲伤身。”

“正是。经过思考，我以决不干扰国事为誓，遂在吴王心里逐渐形成印象，这并非美人计，而是越人的真诚、尊重，从而达到日渐缓解夫差对越之压制的目的。”

“你真的没有吹枕边风，进谗言?”

“如有，天打雷劈！”

“呀！好，第五题了。”

“请问。”

“你们真的产生了爱情?”

“少女心中的恋火一点就燃呀。”

“真的，从他要我搬迁到馆娃宫起!”

“愿闻其详。”

“呀，我得感谢夫差，我的丈夫。他知我爱静，爱山爱水，不愿过宫廷里吵嚷喧哗生活。而且原有几个嫔妃争风吃醋，联合起来排斥陷害我，身后也恶语咒骂。夫差知道了，就把我迁出王宫，来此馆娃宫。我真挚地感谢他，爱上了他，为他跳了一次响履舞。他也射一神箭，开挖了一箭河，放归了勾践……”

“放归，吴国危矣。你对前途怎么想的?”

“这是第六个问题了？我想返乡。可我有吴王后代了。”

“那怎么办？亡国之后，你怎么办?”

“我不知勾践为人，便躲入乡间看看。在夫差败亡时，我曾对夫差有三点承诺：一是为他守灵。二是为他生下儿子，抚养成人。三是多年后同穴而葬。他激动而跪，但他要我不要守着，另嫁他人，谋求晚年幸福。”

“他的心胸宽阔呀！”

“所以，我为他生儿育女。”

“现在我想问，勾践把你沉江了？”

“他几次地毯式搜查，终于查获。他先是逼死功臣文大夫，又把我沉江。”

“你怎么活过来了？”

“那新为我介绍的渔民丈夫救了我。”

“呀，最后问你，你不是嫁给范蠡了吗？”

“唔，第八个问题了。那是后人同情我、可怜我，想象出的一段太湖美景，是空想，是虚的。哼，他在苎萝见我貌美，爱上我了，可他邀功心切，自私自利，扑灭那愈来愈旺的恋火，把我送给夫差，断送了我的青春。而且我和他相差四十岁，老夫少妻，不行，不配。哼，你们总是把人往高处放，那是要热死人的。宫廷里争风吃醋，谣言害人，无事生非。商人无商不奸，争斤夺两，尔虞我诈。我求的是那在天然中，而不是在世俗中的和谐生活。”

“不，不，你要到哪儿去?”

“找个本分人白头偕老呀，我还要返乡叩拜双亲，老人家为我担惊受怕一辈子，我对不起他们。”

“勾践不会让你回去!”

“杀了头碗大的疤，此生一定要回去，我的话完了，再见!”

我这人虽不懂创作，但作为院长却爱管创作。

这日，我碰到工作室的许编剧，并找他走进会议室坐下，递上茶:“最近有什么大作?”

许编剧答:“呀，谢谢。我写了一部电影，名为

《蝶恋花》。”

“这名字好，呱呱叫。电影？可以改京剧嘛！”

“可以，是有关苏州民间评弹家的故事，很生动，也感人。”

“那就先改成京剧本演。”

“我不懂京剧，怎么分场？这要听听全团的意见。”

“你别说客气话。”

“不是客气，是事实。”

“嗐，不管怎么说，你先改。”

许编剧将头一摇：“不，不能做自己不懂的事。院长一定要改京剧的话，先复印，每团几份，全团读，讨论怎么分场。我在此基础上选优秀意见，改为京剧本，成功的希望就大了。”

“好，就这样定。”

二十五

临近建院三周年纪念日时，院部决定隆重开庆祝大会，请省长、厅长出席，由三团演出《董小宛》。“俊俏餐厅”设午宴，每桌两瓶“梦之蓝”，大家畅饮。

到那一天，院内竖起大红横幅，上书“庆祝建院三周年”，人人穿上新装。（这天演员又重发了一套新练功服。）

九时，全院人员集合，省长祝贺了几句，直呼三出大戏美不可言。然后厅长（当年的处长）讲话，他盛夸京剧院三年来事事顺畅，重视艺术创新，连排了三个大戏，为此，特提升院长为副厅长，仍兼院长。全场掌声如雷。最后院长讲话，大夸票务组，并宣布提升羊票务为副院长。最后强调这些成绩都源于省长的决定和关怀，特向省长致敬，感谢。又是一阵如雷掌声。

省长大为兴奋，大声问："今晚看什么戏?"

"观摩新排成的《董小宛》。"

"好，明天呢?"

"演《西施》。"

"后天呢?"

"演《生死恋》，《女判》。"

"呀，女判从没见过，一定看。票给我留好一些的。"

羊票务："省长放心，中心位置是你的。"

"好，哈哈。"省长上了车，一阵马达响，扬起一阵灰，飞驰而去。

这时，羊票务走上台，向大家三鞠躬，说："我感谢大家支持，现在有一动议，请大家讨论。院里应实行巡回演出，外出两个团，一个看家。我又请全国各大剧院名演员来院演出，如程派、天津的‘华子良’等，大家都很高兴，一说即成。这是件大事，请诸位认真讨论，这样做行不行?”

他没想到全场像沸开了锅，响起雷动掌声，齐齐喊好。

二十六

忽然一声呼叫，猛抬头，只见原来的老处长在向我招手。我匆匆而行，老处长已进入会议室，正从公文包里掏出一个剧本，往桌上一掼。我一看，竟是话剧剧本《人间爱晚晴》，我心中一惊，“我们是京剧院，怎能排话剧?”

老处长头一歪：“装傻?”

我心头一亮，仍装傻，头一摇：“京剧院怎能排话剧?”

老处长：“你现在是文化厅副厅长，写过《飞天》，管过话剧。”

老处长已经点明，我拿起剧本快速翻着。老处长说：“被撤职的小张，整日愁眉苦脸，凄凉孤僻，一个有表演才华的人变得如此憔悴，作为管戏的厅长，你不心痛？”

听了这番话，我的思想境界大为提高，立刻道：“我懂了，这事交给我。”

我连夜看完剧本，觉得本子很好。想想老处长说的，心情很沉重。

次日一早，便去了话剧团。人们正在练功、欢笑，小张却在偏僻处一搁腿，埋着头。我很同情他，一拍他肩膀：“跟我来。”

“厅长，找谁？”

“你来了再说。”

“我来。”小张迷糊地跟着走。

到了一处会议室，我请他坐下，热情地：“我想请你改一个话剧本。”

“请我？我早说不演出了。”话音余恨绵绵。

“我是诚恳邀请的。”我躬身递上剧本。

“《人间爱晚晴》，这剧名挺好。”他翻了翻，“可我是一个受过撤职处理的人。”

“处理，是为了使有错者改正、重新起步奋进，绝不是让犯错者阴沉、消极。”

“你说话当真?”

“当然是真的。”

“好，这剧本我看。”拿着往左手与前胸一夹，走了。

我看着他那愉悦、轻快的背影，知道他这时的心情很舒畅，自觉性也提高了。对老处长的“救人”意识和谋略很是钦佩。

次日一早开门上班，才七点不到，小张却已守在我家门口。见他脸色红润，气宇轩昂，我大吃一惊，后退一步，惊诧道：“你?”

他急急地：“我看过《人间爱晚晴》了，愿排。”

我高兴地看着他：“来，进，外面凉。进来喝杯热茶，暖暖身子。”

他迟疑地走进来，我斜眼察视，他在拭泪。待坐下接过我递上的茶后，他颇为激动地说：“厅、厅长，话剧本我看完了。”

“快说说看法。”

“剧本基础很好，一是主题，二是情节。但有的地方杂乱了些，要改。”

“这样，你大胆细心地改，我和你们吴团长撑你的腰。”

他激动地起立一躬：“那就再好没有了。关键还是请吴团长支持，谢谢！”

“好，到你们团找你们团长去。”

二人匆匆来到话剧团，找到团长，我向老吴讲述一切，并说：“团长对每个团员都要热情关心，悉心指导，剧团才能发展。”

吴团递上香茶连连点头：“说得是，说得是。这件事上要向老局长学习，会无微不至地支持的。”

“也不要太过分，还是以发扬其自身积极性、艺术创造力为主。”

“这话我熟记在心，你放心吧！”

“我等着看彩排，你先和导演好好说说。”

“行。”

“小张我走了，有事来电话。老处长那儿我会汇报的。”我起身跟他俩握手告别，我见小张眼有泪光，随手抱了他一下，一抬腿走去。

小张却阻住我去路：“通过这件事，我不仅能改，能演，而且学会了做人。当领导不是为了整人、打击个人势力，而是为了帮人学、帮人理解事物的重要性，热心助人、帮人，理解别人内心。”

“呀，”我一声惊呼，“望你再上台阶呀！”

“一定，你走好。”

“再见。”我再次握了他的手，摇了摇，也有些泪洒青衫了。

过了一个月，老吴请我看彩排，我晚饭一吃，碗一推，就去话剧团剧场化妆间。见小张仍然萎靡寡欢，我走到他身后，拍其肩胛，大声道："挺起腰，往前看，像个表演艺术家。"

小张低声道："我……"

"怎么，这是你的自由。把戏演好，观众有掌声，这是全体演员的责任，包括我和团长，更包括你这主演。"

小张看了看自己的妆比较草率，便走到化妆师面前一个躬身："请师傅再看看。"

我一推化妆师："你没负全责?"

一见是我，化妆师羞颜一笑："是没负全责，请。"

我大声说，"今晚的演出，话剧团每个人都负有重责。演得好，全团都光荣。自己再检查一下，人人争做表演艺术家啊!"

小张向我一躬身:"我会对得起团的党组织,对得起全体同志的。"

呀,他明显神采奕奕了,自感老处长交代的事超额完成了,我兴奋地抱起小张:"小张,下决心重新入党!"说罢转身,待我再回身看时,小张已是泪光点点,激动万分。

图书在版编目（CIP）数据

夹竹桃传奇 / 谭慕平著. -- 北京：作家出版社，2022. 6

ISBN 978-7-5212-1889-3

Ⅰ. ①夹… Ⅱ. ①谭… Ⅲ. ①中篇小说 - 中国 -当代 Ⅳ. ①I247.5

中国版本图书馆CIP数据核字（2022）第067778号

夹竹桃传奇

作　　者： 谭慕平
责任编辑： 向　萍
装帧设计： 意匠文化 · 丁奔亮
出版发行： 作家出版社有限公司
社　　址： 北京农展馆南里10号　　**邮　　编：** 100125
电话传真： 86-10-65067186（发行中心及邮购部）
86-10-65004079（总编室）
E-mail:zuojia@zuojia.net.cn
http://www.zuojiachubanshe.com
印　　刷： 唐山玺诚印务有限公司
成品尺寸： 130×185
字　　数： 52千
印　　张： 4.5
版　　次： 2022年6月第1版
印　　次： 2022年6月第1次印刷
ISBN　978-7-5212-1889-3
定　　价： 32. 00元